司

U0153035

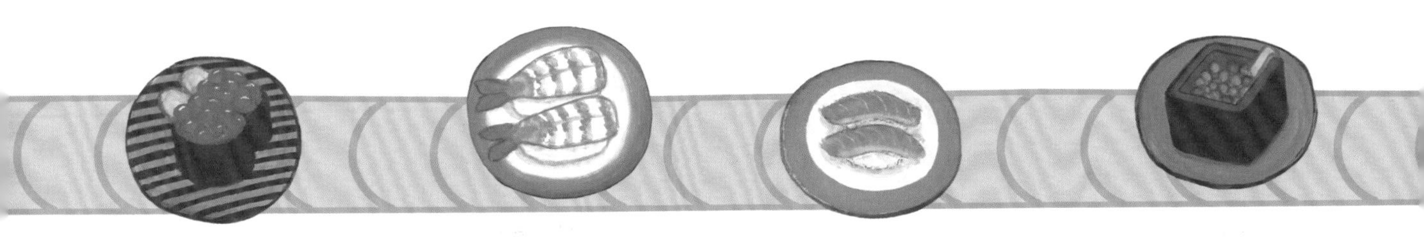

文／圖・KORIRI

IG人氣插畫家。她筆下的貓咪們，各個都有鮮活的個性，並且像人類一樣的生活著，受到日本國內與臺灣等海外眾多貓奴們的喜愛。她的貓咪們也出現在插畫作品集、拼圖、貼圖等周邊商品中。在已經跨過彩虹橋的愛貓引導下，現在跟兩隻中途貓「春男」和「蜜柑」一起生活。代表作有《貓咪西餐廳》、《貓咪拉麵店》（皆由小熊出版）與「不可思議的貓世界」系列。她想特別感謝生命中的貓咪們：萌甲＆布丁、Kinayan＆Harumaki、Chiro＆小咪、Guppi、Chiro太郎和Kotaro。

個人IG：@koriri222，Twitter：@koriri222

翻譯・蘇懿禎

臺北教育大學國民教育學系畢業，日本女子大學兒童學碩士，目前為東京大學教育學博士候選人。熱愛童趣但不失深邃的文字和圖畫，有時客串中文與外文的中間人，生命都在童書裡漫步。夢想成為童書圖書館館長，現在正在前往夢想的路上。在小熊出版的翻譯作品有《貓咪拉麵店》、《貓咪西餐廳》、《搗蛋貓過聖誕》、《探險貓玩數學》、《吵架了，怎麼辦？》、《被罵了，怎麼辦？》、「媽媽變成鬼了！」系列、「天上的貓」系列等。

貓咪壽司店

文／圖・KORIRI
翻譯・蘇懿禎

握
壽司
本日
推薦
・鰹魚
・鮪魚
・鮭魚
—道歉啟事—
已仔細黏除貓毛，
但還是可能混入
食物。請見諒！
海鮮
布偶
(內含木天蓼)
準備中
木天蓼
(樹)

這裡是鎮上的人氣壽司店。
店長阿文有著像飯糰一樣的毛色，非常適合綁頭繩；
店員虎太郎總是忍不住打瞌睡，
但他們兩個工作時默契十足，合作無間。

阿文最重視醋飯了！
做醋飯的第一步是洗米，嘩啦嘩啦，撥挖撥挖……
「虎太郎，你在後面要好好把米接住，
不要讓米掉下去喵！」

阿文把米洗好後，放入土鍋，
咕嘟咕嘟，噗呼噗呼……
細心的將飯煮好。

接著在剛煮好、熱騰騰的飯上，唰——灑上家傳祕釀的醋，充分攪拌之後，阿文最重視的醋飯，大功告成了。

正當他們忙著準備食材和洗碗筷時，
店門外已經開始熱鬧起來，
很快就到了開店的時間。

握
壽司
本日推薦
・鰹魚
・鮪魚
・鮭魚
營業中

客人們穿戴著各種壽司裝扮，

興奮的等著阿文開店營業。

「久等了！歡迎光臨喵！」

客人和平常一樣鬧哄哄，
阿文也幹勁十足。

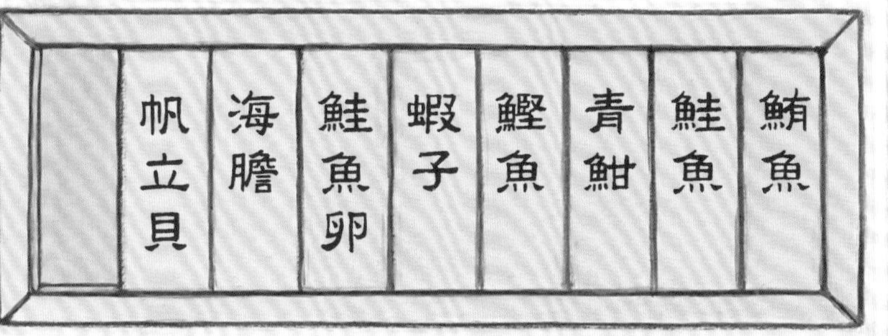

阿文將生魚片和醋飯放在手掌上，

迅速捏起了握壽司。

鮪魚真好吃喵～
鮭魚♫
鮭魚♫
鰹魚來了！
鮪魚
鮭魚
海鮮布偶
(內含木天蓼
＼爽
貓草

看著繞圈圈的迴轉壽司，客人都很開心。
他們各自選了喜歡的壽司，
一盤接一盤的拿下來。

「嗯……好吃到要融化了喵！」

每個客人都大口大口的吃著壽司。

嫩薑片和貓草沙拉
無限享用！
本店使用
喵光米
最高級
甜點節
春男西餐廳
人氣甜點合作企畫！
鮪魚瑞士捲
鮭魚雞肉
起司蛋糕
柴魚高湯布丁
uni
解膩小菜
嫩薑片
減肥是
什麼
睡個午
覺吧

但是，

過了一會兒……

不知道為什麼大家開始扭扭捏捏，坐立不安。

「啊！居然都沒吃醋飯喵！」

「不小心就只顧著吃最喜歡的
生魚片了，怎麼辦喵？」
客人們抱歉的說。

阿文想到了一個好主意，
可以讓客人吃下他精心特製的美味醋飯。

他拿起剩下的醋飯，加入柴魚片
一起捏一捏。
\爽脆可口/
貓草沙拉
亮晶晶
STAFF ONLY
減鹽
讓日常的白飯
化身美食！
柴魚花片
222g
最後包上海苔，做成飯糰。

客人們高興的說：
「從沒吃過這麼好吃的飯糰喵！」
阿文看到客人的反應，也非常開心。

嫩薑片和貓草沙拉
無限享用！
本店使用
喵光米
最高級
甜點節
春男西餐廳
人氣甜點合作企畫！
鮪魚瑞士捲
鮭魚雞肉
起司蛋糕
柴魚高湯布丁
啟事一
除貓毛，
可能混入
見諒！
\爽脆可口/
貓草沙拉

握
壽司
本日推薦
・鰹魚
・鮪魚
・鮭魚
準備中

飯糰實在太好吃，大家紛紛要求外帶，
才心滿意足的離開。
今天的營業時間也到此結束。

從此之後，飯糰也成為阿文壽司店的人氣餐點。

精選圖畫書

貓咪壽司店

文／圖・KORIRI　翻譯・蘇懿禎

總編輯：鄭如瑤｜主編：陳玉娥｜特約編輯：林韻華｜美術編輯：高玉菁
行銷經理：塗幸儀｜行銷企畫：袁朝琳、曹珮綺
出版：小熊出版／遠足文化事業股份有限公司
發行：遠足文化事業股份有限公司（讀書共和國出版集團）
地址：231 新北市新店區民權路 108-3 號 6 樓｜電話：02-22181417 ｜傳真：02-86672166
劃撥帳號：19504465 ｜戶名：遠足文化事業股份有限公司
Facebook：小熊出版｜ E-mail：littlebear@bookrep.com.tw
讀書共和國出版集團網路書店：http://www.bookrep.com.tw
客服專線：0800-221029 ｜客服信箱：service@bookrep.com.tw
團體訂購請洽業務部：02-22181417 分機 1124
法律顧問：華洋法律事務所／蘇文生律師
印製：凱林彩印股份有限公司
初版一刷：2024 年 11 月
定價：350 元
ISBN：978-626-7538-47-0
書號：0BTP1153

First published in Japan in 2023 under the title “NEKO NO SUSHIYA-SAN”
by KIN-NO-HOSHI SHA Co., Ltd.
Traditional Chinese translation rights arranged with KIN-NO-HOSHI SHA Co., Ltd.
through Future View Technology Ltd.

小熊出版官方網頁

小熊出版讀者回函

國家圖書館出版品預行編目 (CIP) 資料

貓咪壽司店 /KORIRI 文 . 圖；蘇懿禎翻譯 . -- 初版 . --
新北市：小熊出版：遠足文化事業股份有限公司發行，
2024.11
32 面；21×24 公分 . --（精選圖畫書）
ISBN 978-626-7538-47-0（精裝）
1.SHTB: 圖畫故事書 --3-6 歲幼兒讀物
861.599　113014319

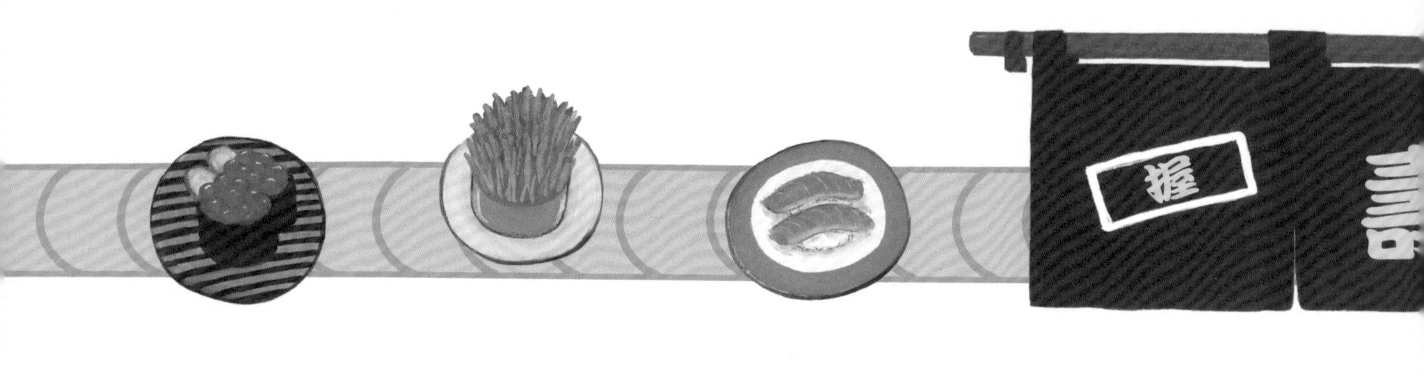
握

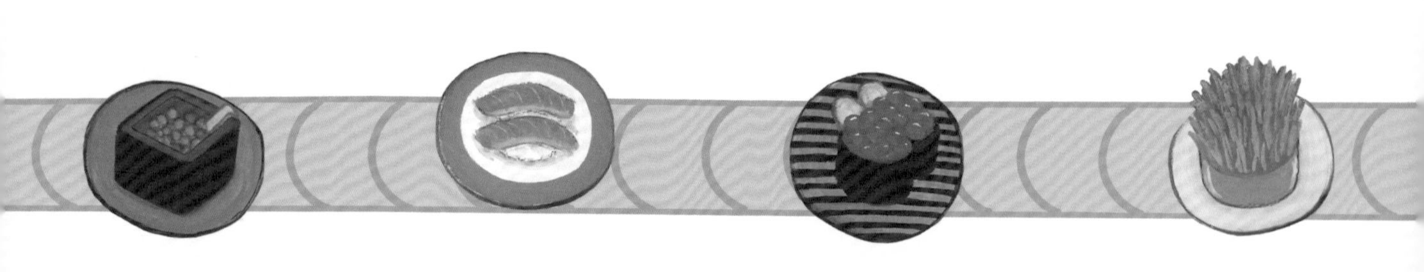